KB271424

목련이 떠난 자리

목련이 떠난 자리

2026년 2월 27일 초판 1쇄 인쇄 발행
2026년 4월 6일   초판 2쇄 인쇄 발행

지은이   김선엽
펴낸이   박종래
펴낸곳   도서출판 명성서림

등록번호   301-2014-013
주소   04625 서울시 중구 필동로 6 (2, 3층)
대표전화   02)2277-2800
팩스   02)2277-8945
이메일   msprint8944@naver.com

값 12,000원
ISBN 979-11-7439-095-0

본 책의 구성 및 맞춤법, 띄어쓰기는 작가의 의도에 따랐습니다.
이 책의 저작권은 저자와 도서출판 명성서림에 있습니다. 무단 전재 및 복제를 금합니다.
이 책 내용의 일부 또는 전부를 재사용하려면 반드시 저자와 도서출판 명성서림의 동의를 얻어야 합니다.
파본은 구입처에서 바꾸어 드립니다.

목련이 떠난 자리

김선엽

도서출판 명성서림

『목련이 떠난 자리』
시집 발간을 축하하며

원당희 (독문학 박사)

우리는 지금 어떤 세상, 어떤 곳에 살고 있을까? 주변을 둘러보면 일단 고층 빌딩이 괴수 레비아단처럼 여기저기 우뚝 서 있다. 그 그늘 사이로 울긋불긋한 간판과 네온사인이 요란하게 번쩍거리고, 사방팔방에서 자동차들이 가래 끓는 소리를 내거나 경적을 울리며 질주한다. 어디 그뿐이랴! 땅 밑으로는 수만의 인파를 실어 나르는 지하철이 날카로운 기계음을 내며 궤도를 달린다.

"네가 아는 것은 파괴된 우상 더미뿐 [...] 죽은 나무에는 쉼터도 없고, 메마른 돌엔 물소리도 없다"라는 T. S. 엘리엇의 시집 『황무지』의 몇 구절이 생각나는 장면이다. 조금 살풍경하지만, 이것이 대략 오늘날 우리가 살아가는 도시의 일상적 풍경이기도 하다.

철학자 게오르그 루카치는 이와 같은 세계를 '제2의 자연 the second nature'라는 말로 설명한 바 있다. 그것은 때 묻지 않은 원초적 자연(제1의 자연)이 아니라, 인간이 이성과 기술문명을 사용하여 인위적으로 만들어 가공한 자연이라는 뜻이다. 여기서 원초적 자연은 이른바 '도구적 이성'에 의하여 상품화 내지 사물화되고, 이런 구조 안에서 인간은 물적 관계를 형성함으로써 사람다움을 잃고 소외된 존재로 내몰린다. 그래서 잃어버린 자연에 대한 상실감과 그리움은 무의식적으로 현대인의 마음속 깊은 곳에 스며 있고, 이를 가장 민감하게 느끼고 반응하며 내면의 언어로 표현하려는 사람이 바로 시인이다.

아마 이러한 연유에서 김선엽 시인도 그의 시집 서두에서 다음과 같이 명시적으로 선언하는 것으로 보인다. "자연의 결을 따라 삶의 숨결을 노래하고, 계절과 시간, 그 안의 정서를 서정적으로 포착하는 시 세계를 지향하고자 한다."

이는 단적으로 자연과 나의 합일을 추구하는 태도라고 할 수 있다. 이와 같은 그의 시적 지향은 우선 〈잃어버린 나를 찾아서〉라는 시에서 자아의 성찰로 나타난다. 그도 그럴 것이 '만신창이 낯선 이는 누구인가?'라는 물음은 '세파에 일그러진 내 안의 나를 본다'라는 대답으로 이어지기 때문이다.

이로부터 그가 시를 쓰는 근본 동기가 드러나고, 동시에 그의 성찰적 자아의 자연에 대한 동경은 심미적審美的 언어로 살아난다. 그의 시가 대부분 그렇지만, 〈겨울비〉에서 우리는 이런 마음가짐을 엿볼 수 있다. "비라 하기엔 가볍고/눈이라 하기엔 이른/은구슬 몇 알 우산 위로 떨어진다."

특히 〈목련이 떠난 자리〉에서는 순수한 자연에 대한 그의 아련한 숨결이 고스란히 전달되는 것 같아서 우리는 이에 공감하지 않을 수 없다. 초봄이면 누구나 목련의 눈부신 아름다움에 감탄하지만, 비바람에 금세 꽃잎을 떨구는 꽃의 순간적인 생명력을 아프게 경험하곤 한다. 여기서 붉은 동백꽃이 질 때의 처연한 아름다움과도 같은 시심詩心을 느낄 수 있다고나 할까? 이 시의 끝말, 비에 젖어 떨어진 '목련꽃 밟지 마'는 시인의 이런 심정을 경구적驚句的으로 표현한 것으로 보인다.

그간 오랜 세월을 대기업 임원 및 대학교수로 역임한 시인은 늦게 시를 시작했으나, 목련꽃이 진 자리가 쓰린 것을 잘 아는 사람이다. 이는 그의 소박하고 진지한 목소리가 세련됨을 내세우지 않기에, 오히려 자연스레 우리의 가슴에 절실히 와닿는 이유일 것이다.

시인의 말

100미터 경주하듯
젊은 날의 삶은 멈춤을 모르는
오직 질주만 알던 삶이었다.

물레방아처럼 성실히 살아온 것은 사실이나,
돌아갈수록 나의 마음은 점점 가벼워진 것이 아니라
비어 있었다.

비로소 깨달은 것은,
우리가 평생 구하던 것은 높이가 아니라
온기와 위안이었는지도 모른다는 사실이다.

늦게 잡은 펜은 새로운 욕망이 아닌, 오래 미뤄둔 질문
이었다.

이 시집은 정답이 아니라 **스스로를 어루만지는 물음
의 기록이다.**

서툴러도 괜찮다는 마음으로, 천천히 세상에 내어놓습
니다.

은퇴 후 제2의 인생을 살아간다는 것은 어떤 삶일까.

인생은 기나긴 도道의 여정, 느린 걸음으로 걸어보자.
세상 풍경 속으로..

자연의 결을 따라 삶의 숨결을 노래하고,
계절과 시간, 그 안의 정서를 서정적으로 포착하는
시 세계를 지향하고자 한다.

끝으로 누구보다 나의 펜 끝을 달구게 한 가족에게 무
한한 사랑과 감사를 드린다.

2026년 봄의 시작 입춘
봄처럼 피어나는 삶이 되소서
연암 김선엽

목차

제1부. 생명의 봄

제2부. 성하盛夏의 계절

제1부

생명의 봄

봄 뜰

겨울의 침묵을 지나
봄의 생명력이 스며든다

시간의 흐름은 생의 순환이다

봄이 오는 소리

강 건너 들녘 위로
포근한 햇살 번지고

강물 풀리며 들려오는
얼음장 깨지는 소리

잠자던 버들강아지
부스스 실눈을 뜨고

실바람에 실려 온 매화 향
사립문 여는 소리에

문지방 넘어 한 걸음
마중 나선 버선발 여인

어둡고 춥고 길었던
침묵이 깨져 나는 소리

복수초

사무치게 그리운 봄이 있어
긴 겨우내 웅크리며 숨죽였지

얼음장 뚫고 피어난 한 송이 빛
봄의 전령사여

청초한 그 자태
단아하여 눈부시도다

대엽풍란 大葉風蘭

산야에 봄 무르익어 완연하니

개나리 진달래 앞다투어 꽃 필 적에

나도풍란 소리 없이 꽃피우네

취할 듯 그윽한 꽃내음

초연히 홀로 고고한 자태 기품 있어라

사월, 꽃을 읽다

눈으로 보면
아름다움이 되고

마음으로 보면
그리움이 되며

가슴으로 보면
사랑이 된다

눈과 마음과 가슴으로
읽어 내려가는 사월

봄의 칸타타가
들려온다

새순(새筍)

18

봄이 왔네

눈 떠 보니 잔인한 봄이다

험난한 세상 때묻지 말고

너만은 올곧게 자라 봐

봄나물 예찬

봄을 무쳐낸 나물

봄나물 한입

무슨 맛일까
·
·
구첩반상
안 부럽네

오늘, 봄날

가는 봄 아쉬워하지 말고
오는 봄 포기하지 마라

오늘 가면
다시 올까, 봄날이

새봄이 왔으니
봄처럼 살아야지

스치듯 지나갈 화사한 봄날
오늘, 이 봄날은
내 생애 최고의 날이다

춘색춘향 春色春香

봄기운 혼미한 영혼을 일깨우고
천리향, 잠든 육신을 일으키네

有色無香 有香無色 다투지 마라
봄은 향기롭고 아름답다

그대야말로 봄, 꽃다운 봄이로다

봄날의 첫사랑

미소 지은 햇살
꽃봉오리 고개 들던 날
수선화 스치던 바람은
너의 향기를 닮은 듯했고
고결하고 신비한 네 이름
봄꽃보다 더 예뻤어

네가 웃을 때
달콤한 솜사탕처럼
사르르 녹아 버렸어
모든 순간이 봄이었다
첫사랑은 그렇게
잊히지 않은 봄날로 남는다

남도의 봄

봄바람에
몸과 맘이 날갯짓하고

마당 가득한 햇살
담장 너머로 흐른다

봄나들이 남도 길 어서 오라 손짓하고
섬진강 굽이굽이 은물결 비단 햇살

벚꽃은 눈부셔 강물에 얼굴 묻고
종달새는 제멋에 노래하니 봄이 익어간다

봄의 한가운데에서

꽃샘추위 물러나니
봄은 어느새 한가운데

초목은 연둣빛 물오르고
꽃망울 터져 만개하네

스쳐 가는 봄바람에
꽃내음 사방으로 흩어지고

향기에 취한 나비
어지러이 날갯짓할 때

님 그려 나풀대는
내 마음, 한 마리 나빌레라

팔레놉시스

아름다운 자태 나비를 닮았어요
나비처럼 사뿐사뿐 날고 싶어요

형형색색 고운 입술 입맞춤은 싫어요
눈으로만 보세요 오랫동안 보세요

당신에게 행복을 드릴게요

주인 없는 계절

벚꽃 위에 벚꽃
벚꽃 아래 벚꽃 피니
봄이 가득하구나

사월의 비바람
겨울을 데려왔네
마지막 꽃잎마저 흩날린다

쨍쨍한 햇볕
눈부신 하늘 아래
봄이 아닌 여름이 서 있다

봄은 어디로 갔나
봄을 잃은 이 계절
주인은 어디 숨었을까

오월

태양을 녹여 낸 신록
잎새마다 샘솟는 영혼

촉촉한 대지의 젖줄 물려
한생을 틔워 내는 오월

어머니 품 같은
위대한 오월이여

여왕의 계절

푸른 날개 하늘을 가르고
눈부신 태양이 그 날개를 적신다

땅속 깊은 곳 생명수 한 줄기 흐르고
새싹은 연둣빛으로 키를 재는구나

봉오리마다 빛이 움튼다
활짝 핀 꽃들은 저마다 선녀,
오월의 품에 안겨 웃는다

짙어 가는 녹음 분수되어 솟고
향기 번진 뜨락 위로
벌과 나비가 분주히 춤춘다

아카시아 그늘 아래 쉬노라면

여린 잎 사이로 햇살은
속삭이듯 내려앉고
나는 그 아래 조용히 앉아 있다

바람 한 줄기
꽃향기처럼 스쳐 가네

잊었던 이름들이
가만히 마음을 흔든다

말없이 앉아 있어도
아카시아는 안다

지나온 날들의 무게와
지금 이 순간의 가벼움을

오월의 끝자락

아직 봄의 향이 머무른
오월의 끝자락

고요히 잠자는 연못 위
초록빛 물결이 일렁인다

마치 시간을 거슬러 온 듯한
꽃들이 하나 둘 피어난다

연꽃이 주인공 되는
유월의 무대로 변한다

연못은 또 하나의 계절을
오롯이 채운다

봄날은 간다

춘설 지난 지 엊그제
새싹 돋아 푸르름이 번지어
녹음으로 물들며
꽃망울 저마다 함박만 하니
산야는 온통 꽃의 향연

봄처녀 웃음 속에
바람 한 줄기 스쳐 가니
세월은 절로 흐르고

그토록 기다림 속에 찾아온 봄
아쉬움 품은 채 떠나간다

안산의 오월

안산 자락길 오르는 날
청량한 아침 공기로 폐부를 적시고
쪽빛 물감 풀어놓은 하늘에 눈을 씻는다

양어깨에 내려앉은 햇살
한 모금 장밋빛 와인처럼 부드럽다

자락길에 들자
일찌감치 마중 나온 향기 나를 반긴다

발걸음마다 아카시아꽃 지천이요
황톳길보다 더 부드러운 꽃잎
짓밟을세라 사뿐히 걸어간다

활짝 핀 수국, 잘못이라도 한 듯
기죽어 내 발끝에 엎드렸네

이리저리 뛰어다니는 직박구리
오늘의 말벗 되어주네

정상으로 이어지는 아카시아 터널
통 속의 꿀벌처럼
배부른 향기에 벌써 취하였네

숨 가쁜 정상의 심박, 차라리 흥겨워라
나를 업고 오른 아카시아 향기

아카시아꽃보다 더 향기로운
안산의 오월이여

목련이 떠난 자리

봄이 한창인데
목련은 지려 하네

꽃잎 하나, 꽃잎 둘
바람결에 져 가네

산당화 피고 죽단화 피는데
목련은 떠나간다

까맣게 타들어 가는 목련화여
그 우아한 숨결은 어디로 갔나

진달래 철쭉 화사하게 피는데
목련의 봄은 너무도 짧구나

차가운 봄비 내린 자리
두 자매가 나란히 걷는다

"목련이 막 피려 할 때가 가장 예쁘지,
이렇게 다 피고 나면 금세 시들잖아.

사람도 그렇더라
젊을 땐 참 예뻤는데….
그래도 언니, 곱게도 늙었어."

잠시 멈춘 발끝 아래
하얀 꽃잎 한 장
속삭이듯 말한다

"목련꽃 밟지 마."

제2부

성하盛夏의 계절

오월의 하늘

눈부시게 푸르고

온 세상 향기로 가득하네

꽃잎마다 함박웃음 귀에 걸리고

황금빛 왕관을 자랑하며

이제 태양의 무대 위로 오른다

장미

가시가 있는데 아름다울까
그런데 향기가 있지요

성깔은 개성이고 매력이죠
그래서 장미는 아름다워요

당신도 성깔 있잖아요
향기로운 사람은 가시도 매력입니다

초록의 염원

헬리오스와 사랑하라
티폰을 잠재워라

메질과 담금질은
거스를 수 없는 숙명

열병 앓은 여린 잎
푸르름은 더욱 푸르게

버들가지 치렁치렁
초록으로 춤추고

미소 지은 가을 들녘
넘실넘실 황금물결이라오

천사

광장의 밤은 깊어가건만
한낮의 열기 아직 남아 있네

춤추는 분수대 곁
아이들 웃음이 물방울처럼 튄다

오색빛 물줄기
어두운 광장을 밝히고
그 속에 웃음이 별처럼 빛난다

아희야, 네가 있어 좋구나
어른들은 너희를 천사라 부르지

천사들의 웃음에
열대야도 고개를 숙인다

여름 풍경

삼복더위 불기둥
하늘을 찌르고

귀청 떼는 매미 소리
밤낮을 안 가리네

한바탕 지나간 소나기에
놀란 매미 울음 그치고

더위 사냥 나선 아이들
시간 가는 줄 모르네

비목碑木

하늘을 덮고 땅을 가른 그날
매캐한 초연 빗발치던 총탄

외마디 비명 속에 한줄기 눈물 된 그대
총탄이 뚫고 간 긴 세월 철모는 녹슬었네

그대 찾아 헤매었을 어메의 한이 맺혀
썩으려야 썩지도 못한 돌배나무

여기 이름 없는 비목 되어
장렬히 전사한 그대 넋을 위로하노라-

목숨 바쳐 지켜 낸 이 땅의 평화가 얼마더냐
삼천만 동포가 목놓아 울었도다

흐릿한 그날의 아픔 잊힐세라
유월의 하늘은 애달파 흐느끼니

한줄기 빗물 되어 눈앞이 흐려진다
호국영령이시여 이제 편히 잠드소서

여기 양지바른 곳
이름 없는 비목을 세우노라-

나른한 여름 오후

배롱나무 가지마다 수다스러운 꽃잎
연못 위에 분홍빛을 떨구고

소란스레 토해 내는 폭포수 아래

비단잉어 한 마리 무심도 하여라
수련 사이로 오수를 즐기네

용추구곡龍湫九谷

한낮 길 뜨겁고
계곡물 서늘하니
여름이 음양으로 갈린다

와룡 한 줄기
하늘 끝 스치고
물소리 골짜기 깊어간다

매미 울음
바람에 실려
삼복의 기운을 흔든다

구곡 물빛
장마 자취 감추고

머잖아 이 하루
추억이라 이름하리
미소 한 점 남기고

도심의 열풍

가만히 앉아 있어도 등줄기엔 뜨거운 땀방울
사막의 여우도 헐떡인다

빌딩 숲 사이로 열풍이 분다
용암 같은 대지, 타오르는 태양

폭염은 날개를 달고 도시를 헤집는다
햇살촉이 살갗을 찌르고
데워진 몸은 삼복의 중병을 앓는다

도시 전체는 거대한 열섬
사람의 마음마저 바싹 말라가네

여름 끝자락

기승을 다한 무더위,
마지막 숨결인가

물먹은 햇살이 쏟아지는 오후
질식하듯 끈적한 밤이 뒤따른다

축 처진 가로수, 미동도 없는 공기
광장의 바닥은 땀 냄새로 뜨겁고

우렁차던 매미 소리 가늘어질 제
발걸음마다 그림자 무겁다

스치는 바람 한 줄기
헐떡이는 어둠을 가른다

세월 앞에 슬며시 고개 숙이니
여름 끝자락, 가을빛이 스며든다

제3부

가을을 열며

가을을 열며

한낮 더위 폭염은 여전하고
거리 풍경은 아직도 여름

그래도 네가 있어 행복했다
가을의 문턱에서..

가을이 오네

햇살 숨은 호숫가 오솔길
무심한 바람결에
한 잎 두 잎 낙엽 지고

가슴 저린 갈대
바람에 몸을 맡기니
잠자는 호수 파르르 떠네

물안개 피어나듯
아스라이 떠오르는 옛 추억
가슴 깊은 곳에
조용히 가을이 스민다

코스모스

형형 빛 고운 들녘 위로
가녀린 물결 수줍게 흔들린다

하늬바람 한 모금 희롱하니
하늘하늘 몸 둘 바를 모르네

노을 진 코스모스 향기 품어
하늘 높이 차오르니

발길 멈춘 가을 나그네
그대 마음 길게 머물다 가네

국화 옆에서

간밤 가을비에
새벽 공기 청량하다

숲속 귀뚜라미 반겨 울고
여름을 건딘 너의 숨결 위로
가을이 살포시 내려앉는다

반쯤 낀 먹구름 사이
햇살은 조심스레 고개 내밀고

산책 나온 강아지
가을을 몰라 그저 즐겁다

이슬 머금은 국화 한 송이
향기마저 영롱하네

가을 아침, 국화 옆에서

추석

드높은 가을 하늘
하늬바람 곱게 스며든다

황금빛 물결 출렁이는 들녘
오곡백과 고개 숙이고
아람 진 열매마다 햇살이 묻어난다

집집마다 웃음소리 번지고
고을마다 인심이 흘러넘친다

둥근달 떠오르면
마음마다 감사가 차오른다

가을은

국화 향기 하얗게
뜰 안 가득 번지고

담장 너머 단풍나무
붉게 불붙는다

사랑방엔
커피 향 그윽하네

가을은
향기일까, 빛깔일까

가을 물속 연꽃 秋水芙蓉

연못 위에 지는 바람
고요히 스며드는 파문

그림자 깊게 드리운 향원정 숨결
연잎 위로 가을이 내려앉네

오롯이 채운 가을 향기
물속 깊이 젖어든다

나는 이곳에 서서 잠시
내 마음도 물 위에 띄워 본다

내 고향 가을은

뭉게구름 피어나는 청명한 하늘 아래
황금빛 들녘은 바람에 물결치고
실개천 곁으로 나란히 이어진 걷고 싶은 오솔길

한여름 한가로이 울다 떠난 뻐꾸기
떡갈나무 사잇길로 숨바꼭질하는 청설모
지금쯤 도토리도 주인을 기다리고 있겠지

달빛 고요히 흐르는 숲속 호숫가
귀뚜라미 소리 바람결에 실려오고
달무리 속 어른거리는 춤추는 갈대

노을 져 하얀 연기 속에 밥 짓는 어머니
고향 담은 눈동자 달빛에 젖어오면
그리움이 내 가슴 깊이 스며드네

가을밤

까맣게 깊어 가는 가을밤

가로등 불빛 하얗게 외로움을 토해 내고
낙엽은 한줄기 바람인 양 발등을 맴도네

달그림자 서성이는 축축한 발자국
가을밤에 묻어 둔 붉은 태양 뜨거운데

밤이슬 내 마음 시려와 옷깃을 세우니
벌레 울어 까만 밤 하얗게 지새우네

가을 단상

노을빛에 머문 삶의 숨결

익어 가는 노을빛 물결 따라
멀어져 간 시간들이 고요히 잠들고
그리움만 긴 그림자 되어 서 있네

푸르던 잎새는 바람에 흩어지고
무심한 낙엽은 길손 되어 떠나네
세상사 덧없다던 말이
문득 가슴에 스며온다

노을빛에 번지는 붉은 미소는
지나온 발자취에 스며든 땀의 노래요
잠시 머무는 삶의 깊은 숨결이로다

아름다운 가을밤

귀뚜라미 울고
별 뜨는 가을밤
참 곱기도 하다

마음이 살아나는
독서의 계절
책 마당엔 등불이 켜지고

책장 넘기며
한 장 두 장
깊어 가는 가을밤이 아름답다

성묘省墓

국화의 계절, 가을이 다시 왔습니다
무덥던 여름도 예전처럼 굳건히 이기셨지요

고결하고 그윽한 향기
당신의 온유한 미소를 닮았습니다

주과포혜의 예로
지난날의 추억과 그리움을 모아
이 가을, 국화 한 송이 올립니다

가을비

간밤 산머리, 무거운 먹구름이 눌러앉고
밤의 끝자락은 차갑게 젖어온다

어스레한 창밖으로
세찬 빗줄기
가지마다 마른 잎 할퀴어 놓고
바람 한 줄기 마음도 젖는다

우레는 거칠게 창문을 두드리니
찬비 내린 새벽, 공기는 이불을 덮는다

가을 고백

62

흰 구름 한 점 쉬어 가는 산모퉁이
나그네 발길마저 끊기니
고요한 정적만이 흐르누나

가을빛 가득한 오솔길 언덕 위
외로이 홀로 핀 들국화 한 송이
그대 미소 닮은 듯 애잔하네

무심한 바람에 실려 온 순백의 향기
님 그린 내 마음과도 같아라
말하지 못한 그리움,
가을빛에 실어 보내네

연못에 비친 가을

소슬한 바람 한 줄기 옷깃을 스치고
버들잎 하나 연못 위로 떨어지니
연꽃이 춤을 춘다, 가을이 일렁인다

잉어는 느릿한 꼬리로 물결을 그리며
산까치는 가을빛에 취해 노래한다

연못 속에 구름 한 점 흘러가고
가을빛 연꽃은 파란 하늘에 떠 있네

가을, 도시의 거리

가로수는
노랗게, 붉게 물들어 간다

사람들의 발걸음은
외투 속으로 느릿하게 걸어간다

거리의 유리창엔
진한 커피 향이 묻어나고

골목으로 들어서니
빈대떡 부치는 소리 지글지글

잠시 멈춘 발끝 아래
낙엽 하나 굴러가네

도시는
가을로 익어간다

고궁의 가을밤

도시의 불빛을 마신 잿빛 하늘
소슬한 바람 한 줄기 어둠을 스친다

물결치는 나뭇잎 사이로
달빛 흐르고
낙엽 하나 힘없이 떨어진다

고목나무 밑동에서
귀뚜라미 소리 쓸쓸히 들려오고

오가는 이 없어
발걸음도 게으르니
가로등마저 하얗게 졸고 있네

잠든 고궁,
시간마저 발소리를 멈춘다

가을 물속 경회루

봄바람에 피던 벚꽃은 다 어디 가고
잎새마저 연못 위에 숨죽이네

인왕산 갈바람 한줄기
누마루를 스쳐가니
마른 잎새 한 잎 바람에 몸을 맡기고
물결 속 용마루가 꿈틀하네

봄날이 그리운 경회루
기다림 속에
조용히 숨결을 고른다

꽃으로 피어난 가을 낙엽

쪽빛 하늘 위에
한가로운 구름 한 점 머문다

단아한 향원정
연못 속에 고요히 몸을 담그고

햇살 가득한 물 위로
울긋불긋 가을 잎이 춤춘다

이 가을의 향기를 아시나요
낙엽도 꽃이 되는 향원정의 가을

가을 애련지

일렁이는 물결 위에 춤추는 단풍
가을빛에 젖어 있는 애련정

한여름 푸르던 잎은 어디로 갔을까
잊힌 연화의 향기만 남았네

물결 위로 떠도는 햇살 한 점
그 위에 가을이 앉아 있다

가을 이별

소슬한 바람 한 줄기 불어온다
가랑잎 굴러 어디로 가나

작은 소망 하나 꽃처럼 피어났고
붉은 열정으로 한때 사랑을 노래했지

세상을 아름답게 비춰 준 가을빛 하나
빈 가슴 따뜻한 숨결로 스며든다

맑고 고은 하늘엔
구름 한 점 세월을 쫓아가네

세상 풍경 속 너의 발자취도
구름 따라 흩어지누나

아련한 추억 숲속 오솔길에 남겨 두고
차가운 바람 되어 멀리 떠나네

꽉 찬 가을, 목멱산

목멱 바람 몰고 온
아침 공기 차갑고

오랜 벗들과 걷는 자락길
서서히 몸이 데워진다

햇살 내려앉은 실개천
은물결 따라
낙엽 하나 흘려보내고

숨결 고르듯
따뜻한 커피 한 모금 들이켜니

세상사 이야기는
끝도 없이 이어진다

저 아래, 하늘 아래
목멱 능선이 드러나고

오를 때 단풍이 곱더니
내려오는 길 단풍은
더 깊어 붉다

가을의 마지막 인사
말없이 감추려
나무들 고운 옷차림 더해 놓았구나

가을 끝자락

잿빛 하늘 스산한 가을 오후
구름 틈 비집고
햇살 한 줄기 새어든다

산비둘기 떼 지어
숲속 멀리 날아가고

왜가리 한 쌍 어디로 가나
연못가 하늘을 낮게 돌며
몇 차례 더 머문다

청둥오리 무리는
연못 위로 동심원 그리며 노니는데
물속 비단잉어
모습을 감춘 채 기척이 없구나

외로운 감나무 가지엔
붉은 햇살 내려앉아
홍시 하나 익어 가고
간간이 까치 날아와
가지 끝을 흔들어 놓는다

숲속 오솔길
낙엽 소리만 사그락
발자국 따라온다

마지막 잎새

떡갈나무 밑동으로
가을이 내려앉는다

낙엽 더미 파고드는 가을비
겨울 불러 어서 오라 손짓하네

앙상한 가지 끝으로
빛바랜 잎새 한 장

거친 비바람도 비켜 갔건만
한줄기 바람에도 힘겨워라

석산은 산기슭 붉게 태우니
너를 슬퍼하노라

제4부

겨울밤

겨울밤

화롯불보다 훈훈한

사랑방 이야기로

눈바람 문풍지에 울어도

겨울밤은 고요히 깊어만 간다

소설小雪

기나긴 여름
혼을 빼놓고 길게만 가더니
짧은 가을은
쏜살같이 스쳐 지나간다

푸르던 잎새 또한
어느새 낙엽 되어 흩어지고
이리저리 바람결에 실려
발끝 아래 사그락거린다

땅끝에서 불어오는
희미한 찬바람 한줄기
하얀 눈 기운 머금고
겨울은 문턱 가까이 다가선다

까치밥

벌거벗은 감나무
빈 가지 위 저문 햇살이 머문다

까치 입자국 남은 반쪽 홍시
겨울바람에 흔들리며 붉게 익는다

어머니 좋아하던 홍시 하나
아버지 손끝에 남겨둔 사랑이었네

사람도 나무도
무언가 남기며 떠나는 법이 있구나

느티나무의 증언

어서 가라 재촉해도
길기만 했던 여름날

가을이 와 반겼으나
단풍은 예전만 못하더라

가지 말라던 가을은
눈보라만 남기고 저만치 떠나가네

오백 해 세월 동안
한자리를 지켜온 느티나무
말없이 중얼거린다

'처음 보는 세상이야,
이상한 기후구나.'

그래도 세월은
묵묵히 흘러가네

첫눈

첫눈 내리니 마음 설레
두 팔 벌려 하늘을 안는다

메마른 가지 위 설화 피어나
배꽃인 듯 향기롭도다

겨울은 이제 문을 여는데
봄기운 미리 스미는 듯하여라

동심童心

첫눈을 기다리는 동자의 마음
간절히 눈사람 하나 만들고 싶어라

불당에 피어난 하얀 마음
온 세상 백련 천국으로 하얗게 하얗게

춤추는 백련은 동자의 마음인가
동자를 향한 부처의 마음인가

정월 대보름

이른 아침 집집마다 부럼 깨는 소리
가족의 건강과 복을 빌고

오곡밥 한술과 묵나물 한 젓가락에
액운을 쫓고 내 더위 팔고

이명주 한 잔으로 귀가 밝아지니
기쁜 소식들만 들려오고

밤하늘 가득 채운 간절한 달빛 소망
어화 둥실 대보름달일세

동백꽃

봄날은 아지랑이 되어
서산마루 넘어간 지 오래인데

한겨울 눈 속에 홀로 핀 꽃이여
겨울은 그대의 봄날인가

흰 눈 위 붉은 숨결
수줍은 향기조차 뜨겁구나

오랜 기다림 속에
조용히 가슴을 열어 피어난
서럽도록 아름다운 꽃이여

설중매

봄 그리움 성화에 못 이겨
찬서리 맞으며 피어난 당신

당신이 머문 자리엔 찬바람 스치고
창밖엔 그날처럼 눈꽃이 흩날리네

그리움 가득한 찻잔에 매화꽃 띄워
당신 향기 다시 피어나면 좋으련만

겨울비

무거운 하늘 아래
회색 기운 어깨에 내려앉고

바람 옷 틈새로
찬 기운 스미어
살결에 겨울이 닿는다

이내 투명한 물방울 흩어져
눈앞을 흐리니

정상 향해
한 걸음 또 한 걸음
하얀 숨 길게 뱉는다

비라 하기엔 가볍고
눈이라 하기엔 이른
은구슬 몇 알
우산 위에 떨어진다

운무 사방에 가득하여
북한산, 인왕산, 남산까지
저마다 머리를 묻고

안산 봉수대에는
사람들의 숨결 모여
하얀 연기되어 오른다

꽃샘추위

창밖을 감도는 찬 공기가
새벽의 숨결을 짓누른다

나목의 앙상한 가지 끝에
하얀 상고대가 꽃처럼 피어 있다

새벽을 깨우던 까치는 어디로 갔나
추위를 피해 날개를 접었나 보다

머뭇대는 봄기운이
경칩마저 무색하게 하니
이 아침 동장군의 기세는
차라리 한겨울이로다

제5부

세상 풍경 속으로의 여행

길道

세상이 아름다운 까닭은

어느 곳이든

굴곡이 있기 때문이야

삶이란 기나긴 도道의 여정

노을빛 동행

말없이 걸어도
미소 띤 눈빛으로
같은 방향을 본다

노을빛에 물든 붉은 발자국
지친 발끝에 머무는 네 그림자
세상은 낯설지 않았지

한때 길을 잃은 적도 있었지
그러나 너의 눈빛이
내 길이 되어 주었네

어디든 함께 가는 길
눈 감아도 손잡으니 끝이 보이고
침묵 속에도 너의 마음 나는 알지

그래 우린 그렇게 걸어왔어
너와 함께라면 또 그렇게 가야지
다시 웃으며
어린아이처럼

어머니

당신의 이름은 어머니입니다
한때 꿈 많았던 소녀였죠

세상에 눈떠 처음 만난 울 엄마
이제 당신의 꿈은 오직 하나 자식뿐

당신은 언제나 뒷전입니다
아니 당신의 차례는 없었습니다

철없이 당신의 가슴에 박았던 못
빼내지 못해 못내 눈시울이 붉어집니다

불러봅니다 당신의 이름 어머니
또 불러봅니다 그리운 당신의 이름
.
.
어 머 니

동반자

같은 길을 걸어간다
목적지는 하나
한마음 한뜻으로 창공을 가른다

멀리 돌아가도
그 길엔 늘 새로운 즐거움이 있으니
미소로 화답하고 휘파람을 불어준다

앞서거니 뒤서거니
그게 뭐 그리 중요하랴

첫 출발도 한자리
마지막 도착지도 한자리인걸

넓은 평원을 걷고
숨 가쁜 언덕을 넘고
호수 건너 갈대숲 지나
산자락 따라 노을 속을 걸었지

한 우산 속에서
뜨거운 햇빛도, 비바람도 함께 막으며
그렇게 우리는 함께 걸어간다

잃어버린 나를 찾아

선율이 멈춘 하얀 오선지
얼음처럼 창백하다
모두가 떠난 자리
빈 그림자에 냉기마저 흐르네

적막은 침묵으로 다가오고
어둠은 칠흑 같아 심연처럼 깊다
텅 빈 가슴, 긴 호흡을 토하니
만신창이 낯선 이는 누구인가

게처럼 기어오르고 새처럼 날았으며
광대처럼 웃으며 무너졌지
달콤한 꿀을 빨고 독배를 마시며
헝클어진 머리칼 벗겨진 탈 하나

시공을 삼킨 거울 속으로
그는 천천히 유영한다
밤과 낮을 거슬러 아주 천천히
그곳은 잊힌 인생의 뒤안길

친밀함으로 다가오는 낯선 얼굴
미소 짓는 당신은 누구인가
가면을 쓰고 이름마저 바꾼 이여
세파에 일그러진 내 안의 나를 본다

하얀 오선 위, 다시 선율이 흐른다
잃어버린 나, 그 끝에서 되살아난다

분홍 카네이션

94

어머니
당신이 좋아하시던
분홍 카네이션이 피었어요
그 꽃잎마다
그리움이 젖고
사랑이 피어납니다

멀리 있어도
언제나 제 마음은
어머니 곁에 있어요
사랑하고 또 사랑해요
하늘만큼
꽃보다 더

말 한마디

말 말 말-
사람 따라 달라지는 말머리와 말꼬리
혀끝이 흔들리면 마음이 드러나고
그 말의 결이 곧 그 사람의 품격이라

출언유장出言有章이라
흐르는 말마다 문채가 있으면 좋으련만
말이 많아 탈이 되거든
한마디라도 가려 쓰는 지혜를 배우라

말에도 향기와 품격이 있다
그 한마디가 사람의 얼굴이 된다

눈물

샘물은 깊은 산에서 쉼 없이 솟고
그 물은 메마른 사막도 적시나니

무정한 마음은 눈물 없는 박제와 같고
반짝이는 눈물은 밤하늘의 별빛 같아라

어진 이의 눈물샘은
언제나 마르지 않는다

추억의 백록담

한 짐의 꿈을 이고
가뿐히 오르던 푸르디푸른 그 시절

칠흑 같은 어둠의 적막을 달래려
별빛을 쏟아붓던 그 밤

까만 거울 병풍처럼 둘러치고
별자리 수놓아 밤새워 노래했지

새벽이슬 스며드는 바람 속
꿈속 흰 사슴과 놀고 마시던 그곳

여명 걷히고 비단결 하늘 펼치니
백록담, 은빛 물결로 눈을 뜬다

기다림의 미학美學

진주가 아름다운 것은
깊은 갯벌 속에서도
빛을 잃지 않기 때문이다

아무도 바라보지 않아도
허황된 빛을 좇지 않는다
스스로 때를 믿고
묵묵히 기다릴 뿐이다

드러남보다 숨은 것이 더 빛나듯
조용한 기다림이 곧 아름다움이다

진실의 공방攻防

한 몸인데
눈과 귀가 따로 노니 입도 따로
소음이 따로 없구나

차라리 눈을 감고 귀를 막고 입을 다물어라

선악이 둔갑되는 현란한 마술
무엇이 실체인가

진실이 숨겨진 헝클어진 실타래
실마리를 찾을 이 누구인가

사랑방

깊어 가는 겨울밤
불빛 하나 생각납니다

할아버지, 할머니
아버지, 어머니의 웃음소리

화롯불 속 군고구마
고소한 냄새 퍼지던 저녁

잠결처럼 들려오던
동화책 속 이야기

도란도란 피어나던
사랑방의 옛이야기

그 따스한 온기 속에서
세상은 참 다정했습니다

수성동 계곡

인왕산 숲속
물소리가 아름다운 계곡
골짜기 굽이굽이
흔전만전 옥구슬

군자의 절개가 묻어나는
비해당匪懈堂 어디로 갔나
폭포수 물안개 구름에 걸린
기린교麒麟橋 너는 아는가

안평의 가야금 타는 소리
흐느낄 적에
골바람 타고 들려오는
위항委巷의 노래

발길과 눈길이 번번이
계곡으로 흘러가니
세속에 물든 몸과 맘이
청랑하도다

인생무상

날자, 날자
힘껏 날아올랐다
그땐 하늘의 깊이를 몰랐지

어느 날 바람이 끊겨
나는 떨어졌고
우리 모두 제자리로 돌아왔다

눈앞에 굴러온 빛바랜 낙엽
웃어넘긴다
그게 또 인생이니까

새벽 항구

어둠 가르며 나아가는 고깃배
바다 물결이 새벽을 깨운다

수평선 너머 해 머리 솟고
까만 하늘 붉게 물든다

비릿한 내음 감도는 부두
갈매기 두어 마리
배웅하듯 맴돌고
등대불은 말없이 깜박이네

곧 사라질 듯한 새벽달
여명 속에 생명 품고
하늘과 바다의 끝 저 멀리
만선의 꿈이 일렁인다

새벽 바다

어둠에 눌린 까만 밤 뒤로
여명 타고 다가오는 맑은 새벽

갈매기 울음소리 하늘을 가르고
바람에 묻어온 싱싱한 바다 내음

물결 위로 번지는 붉은 햇살
갯바위를 적셔 오는 은빛 파도

새벽 공기 삼킨 아이들의 노랫소리
새벽은 바다 위에 첫 숨결을 틔운다

해오름

고요한 물결 위로
아직 잠든 별빛이 흐르고

어부의 미소 가득한 만선의 꿈
어둠을 밝힌다

갈매기 한 마리
희미한 해무를 가르며 날고

갓 깨어난 바람
노을빛에 물든 머리칼을 가를 제

수평선 저 멀리 해오름
새벽의 심장을 두드린다

오랜 친구

고이 접어 둔
푸른 잎새 한 장

문득 펼쳐 보니
어느새 단풍으로 물들었네

호젓한 고궁의 가을 하늘
낙엽 한 장
바람에 실려 간다

부드러운 눈길
주름진 눈가엔
흐릿한 기억이 머물고

따뜻한 가슴 위로
옛 추억의 미소가 흐른다

산수傘壽의 언덕을 향해 걷는 그대여
여전히 내 곁에 있네

마음의 문

마음을 닫으니
귀는 있어도 들리지 않고
눈을 떠도 세상은 어둡다

혀는 굳어 말이 없고
숨쉬기조차 게으르다

손과 발이 있으되
소식이 없고 걸음이 없구나

그러나 마음을 열면
바람이 들어오고
세상은 다시 나를 부른다

문득 그리운 친구

부리부리한 눈매
촉촉이 젖은 눈동자
무언가 말할 듯 말 듯
까무잡잡한 피부

미소 머금은 입가
동그란 얼굴의 잘생긴 그대여

태양을 머리에 이고
이륜 페달 힘차게 밟으며
여름 한 달 전국을 누비던
건각의 청춘이여

웃을 때마다
유독 하얀 이가 빛났지

"남북통일되면
함께 북녘땅을 걸어보자" 했던
목회자가 된 그대여

바람 따라 구름 따라
어언 반백년이 흘렀구나

그 여름날
태양빛 속 하얀 웃음 하나
아직 내 마음에 머문다

소통

내 마음
어찌 전할까

곁에 있으면
말로도 눈빛으로도

요즘 세상
지구 반대편까지
손끝 하나면 닿건만

무관심은
소통의 문을 닫고

나는
당신의 마음 앞에서
기다린다

쉼

몸통보다 무거운 날개
멀리 날 수 없구나

한 짐만 덜면
날 수 있으련만
한 짐을 더 실으니 추락하네

덜어내면 멀리 갈 것을
쉬어가면 더 멀리 갈 것을

보라
저 산마루 쉬어가는 구름을
쉼은 멀리 가는 날개의 숨이다

차창 밖의 풍경

먼 산허리 휘감은 운무
겹겹이 내려앉으니
크고 작은 봉우리 많기도 하여라

북한강 줄기 따라
굽이굽이 흐르는 은빛 물결 위로
내 마음도 달려간다

파란 하늘엔
나란히 달리는 흰 구름 한 조각
숨도 안 차네

아무도 모르라고

깊은 골짜기 따라 구곡폭포로 가는 길
천년 원시림인 듯 온통 이끼 계곡
흐르는 물은 거대한 샘물처럼 맑다

소나무 잣나무 품은 능선 길
구불구불 오르니
아홉 굽이 폭포가 춤을 춘다

이곳은
사람 발길 드문
깊고 높은 하늘 아래
자그마한 분지 문배마을

아무도 모르라고

광화문 광장

(1절)
반만년 찬란한 역사와 문화
오백 년 도읍지의 숨결이 서린 곳
북악산 정기 받아 기백은 충천하고
한강수 품은 시민의 광장
서울의 광화문 광장

육조거리 따라 선조의 혼이 흐르고
햇살에 물든 태극기 물결은
자유의 노래로 하늘을 덮는다
대한민국 서울의 심장
내일로 향한 우리의 발길
참으로 힘차도다

(2절)
찬란한 문화와 미래가 어우러진 터
세계로 뻗어가는 서울의 얼굴이여
북악의 품에 희망이 자라고
한강의 바람 따라 꿈이 피어난다
시민의 손으로 세워진 광장
평화의 빛 광화문 광장

육조의 길 위에 새로운 세대의 걸음
그 발자국마다 역사가 이어진다
대한민국, 서울의 심장
세계로 향한 우리의 발길
찬란하도다

꽃버선

보름달처럼 둥근 곡선
선율이 흐르듯 거침없어라

잘록한 허리
오뚝한 코가 숨을 쉰다

비단결 흘러내리듯 미끈한 자태
꽃길 걷는 버선발 여인

대청봉

칠흑 같은 어둠 뚫고 밤이슬 맞으며
대청에 오르니 새벽 공기 폐부를 찌른다

발아래 멀리 어둠을 가르는 여명
동녘 붉은빛 속에 찬연한 햇살이 피어난다

세상을 말없이 굽어보는 천년바위
백두대간 정기가 내 안에 흐른다

천왕봉 일출

산허리
흐릿한 운무가 잠이 들고

그 위로
산마루가 조용히 키를 잰다

발아래 붉은 숨결 터져
햇살 한 줄기
천왕봉을 오르네

하늘은 새벽을 열고
어둠은 물러가니

가슴 벅찬 순간
지리의 심장에
새날이 뛰기 시작한다

기다림

행여 가신 님 돌아올까
빗장 풀어 사립문 열어놨네

석양은 벌써 재 넘어가고
마을 어귀 개 짖음도 멎었네

밤하늘 별빛은 총총한데
고요히 흐르는 외로운 달빛

긴 밤 달빛은 더디게 다가오고
문밖 솔가지에 초승달만 걸려 있네

스치는 바람 내 마음 아는 양
사립문만 살짝 흔들리네

여행

바람에 묻어온 낯선 향기
닫힌 내 안의 문을 두드린다

못 본 꽃들이 길을 연다
길 위로 새털구름이 걸어간다

누구를 만나러 가는 걸까
세상 밖에서 나는 나를 만난다

갈등

가까이 가면
멀어지고

잡으려 하면
놓쳐 버린다

그러나 그 틈에서
나는 나를 배운다

산마루에 앉아

고요한 바람이 지나간다
오랜 시간을 품은 산자락 위
그는 앉아 있다 말없이
모든 길을 걸어온 자의 평온한 얼굴로

등 뒤엔 여행의 흔적
손에는 시간이 남긴 여유
햇살은 모자를 스치며
추억 하나씩 비춘다

세상은 아래에 있고
그는 위에서 그저 쉰다
풍경이 말을 걸고
마음은 조용히 대답한다

여행은 끝이 없고
쉼은 잠시지만
이 순간만은
영원처럼 깊고 넉넉하다

삶

세상이 아름다운 까닭은
고르고 평탄한 데 있지 않다.
굽이 치는 물이 강을 이루듯
굴곡이 삶을 깊게 한다

오르내림을 받아들이는 자만이
흐름의 근원을 본다

삶이란
스스로를 비우고 채우는
기나긴 도道의 여정

몽당연필

누구 키가 더 작은가
선수 선발 보기 좋게 아웃되는 몽당연필
잘만 하면 큰놈을 가져 울 수도 있지
잊힌 놀이 아이들의 연필 치기

보릿고개 시절 버릴 수 없던 근검의 손끝
몽당연필 하나에도 생이 있었다
깍지에 끼워야
비로소 제 몫을 다하던 시절

바람

불어오는 바람
잡을 수 없으니 멀리 흘러가누나

가슴을 스쳐간
꽃바람은 청춘이었고
비바람은 시련이었네

갈바람, 칼바람 지나며
세월 또한 바람이었네

바람 타고 와서
바람 되어 가는 인생

아침 햇살

밤새 어둠이 남긴 이슬 위에
따스한 빛 한 줄기 내려앉는다

영롱히 반짝이는 이슬방울
밤의 눈물에서 피어난 숨결

햇살 스미는 아침 온기가 번져
희망의 문을 살며시 연다

오늘도 이 작은 햇살 하나
세상을 새로 비춘다

나그네

여보시오 길손
무엇이 그리 급하오
무얼 그리 무겁게 지고 있소
잠시 쉬었다 가소

지나온 길
후회 마소
한숨 마소
허세도 마소

가을 낙엽 되어
바람 따라 흩날리듯
어차피 가야 할 길
미련 두지 마소
빈손으로 가시오

우린 모두 나그네
잠시 머물다 떠나는 손님일 뿐
그러니 발걸음 가볍게 하소

고목나무

긴 밤 찬서리 걷히고
동녘 햇살 스미면
언 땅 풀리며 아지랑이 떠오른다
그 자리마다 연한 숨결 틔워
새 희망을 심어 주던 나무

삼복더위 한낮
땡볕에 달아오른 들판 위로
바람 한 줄기 걸어두며
아낌없이 그늘 내어주던
넉넉한 품의 나무

때 이르면 손 놓고
조용히 이별을 준비하는 갈잎들
비워가는 마음속에서
세월은 저절로 깊어지고
우리의 눈도 서서히 밝아진다

삭풍에 맞서
굽힘 없이 서 있는 그 한 몸
용기와 도전, 인내의 의미를
묵묵히 일러 주어
새 길을 서두르는 이들의 귀감이 된다

황혼의 봄

혼미한 내 영혼
맑아지는가 싶더니 이내 다시
흐릿해진다

만물이 소생한다는 봄소식 들려오는데
눈 깜짝할 사이 쏜살같이 가 버렸네

봄빛 한 줌 쥐려다 손가락 사이로 새어 나가고
하얀 목련꽃 바람 따라 흩날리더니

시간은 더디게 흐르건만
세월은 저 홀로 달음질치네

꽃으로 피어난 내 마음

꽃으로 피어난
수줍은 내 마음
당신께 바칩니다

내 마음은 순결한 향기
사랑의 빛이 되어

당신의 미소 속에
조용히 피어납니다

그대 품에 안긴 이 순간
내 마음은 기쁨이요
영원이 되리라

결혼

하나가 둘이 되었다가
다시 하나로 돌아오는 일

이미 하늘이 내려준 인연으로
정해져 있던 그 하나

오랫동안 반쪽으로 살아오다가
마침내 나머지 반쪽을 만나
온전히 하나가 되니

결혼을 천생연분이라 하는 것도
하늘의 뜻을 거스르지 않음이리라

결혼 II

한 사람을 만난다는 건
다른 세상을 배우는 일
웃음 속 햇살을 알고 침묵 속 비를 안다

둘의 강물 흘러들어
하나의 바다를 이룬다
사랑은 끝이 아니라 길 위의 집이 된다

폭풍에도 등불 지켜
같은 창가에 기대어
같은 노을 바라보며 삶을 함께 짓는다

일몰의 순간

서산마루 붉게 물든
석양빛 찬란한 하루의 마지막 미소

식어 가는 태양은
조용히 고개 숙이며
오늘의 열정을 내려놓는다

길게 드리운 그림자 따라
지나온 발자취가 따스히 머물고

밀려오는 어둠은
고요 속의 쉼을 선물하듯 다가온다

바닥난 심지의 촛불조차
새벽을 위한 숨을 고르고

자연의 품 안에서 시간은 흐른다
내 시선 평화 속에 잠든다

새벽잠을 깨우네

소풍 전날
찐 계란 둘, 사이다 한 병
곱게 접은 손수건 바라보다
새벽잠 깨던 그 시절

이제는
어느 결에 스며든 근심인지
잠을 밀어내는 세월의 기척인지

밤은 짧고
시간은 바삐 지나
붙잡으려 할수록 멀어지는구나

겨울 갈대

산마루 쉬어 가는 석양
가을 노을이
샛강 따라 흐르며
갈색 들판을 적신다

부드럽게 스쳐간
한 줄기 바람
춤추던 갈대밭에
내려앉고

노을이 물든 갈대의 머릿결 사이
남은 햇살
금빛으로 어른거리다

어깨 위에 머물던
가을의 온기 어디 가고
차가운 해풍 불어

등 굽혀
머리 숙인 갈대

이름 모를 새소리
바람 끝에 사라지고

갈대밭을 헤집는 소리
가슴 깊이
스며든다

바람에 흘러간 또 한 해

긴 한파에 얼어붙은 숨결
파릇한 봄빛 한 줄에 풀리고

타올랐던 붉음은 장미가 아니라
내 안의 온기였다

때론 먹구름이 바다를 지워
방향을 잃게 하여도
마음의 닻으로 나아갔다

수평 끝에 태양이 묻힐 때
또 한 해가 모래 위에 남고
바람은 말없이 스쳐 지나간다

떠난 바람은 애환을 흘렸으나
다시 돌아올 바람은
걸어간 만큼의 나일 것이다

김선엽 시인의 시집
『목련이 떠난 자리』 해설

목련의 생애를 통해 삶의 순환과 아름다움, 그리고 그 안에서 피어나는 깊은 성찰을 담아낸 서사

김종억 (시인·문학평론가)

I. 프롤로그

시는 내면 깊숙이 자리한 그리움, 사랑, 기쁨, 슬픔 같은 감정들을 가장 섬세하고 밀도 있게 표현하는 언어의 결정체라고 할 수 있다. 시인은 언어를 통해 세상과 소통한다. 독자는 그 언어를 통해 시인의 감정을 공유하고 자신의 감정을 돌아보게 된다. 시는 우리가 일상에서 지나칠 수 있는 작은 것들, '자연의 아름다움'과 '삶의 의미'의 통찰을 제공하는 훌륭한 도구가 된다. 문학 장르 중 특히 시는 단순히 이야기를 전달하는 것을 넘는다. 우리에게 많은 질문을 던지고 생각의 지평을 넓혀 공감해 보는 보물과도 같다. 작품의 깊이를 탐구하는 시론은 그 자체로 또 하나의 창조적인 여정이라고 생각한다. 시는 언어의

운율, 비유, 상징 등을 통해 독자에게 특별한 미학적 경험을 선사한다. 정제된 언어가 주는 아름다움과 깊이는 독자의 마음속에 오래도록 여운을 남기곤 한다.

연암 김선엽 시인이 고희를 넘긴 나이에 비로소 깨달은 것은, "평생 구하던 것은 높이가 아니라 '온기와 위안'이었는지도 모른다는 사실"이라고 고백한다. 시인은 시를 대함에 있어 자연의 결을 따라 삶의 숨결을 노래하고, 계절과 시간, 그 안의 정서를 서정적으로 포착하는 시 세계를 지향하고자 노력했다.

시인은 자연과 깊이 교감하며, 삶의 기쁨과 슬픔을 온전히 받아들인다. 그렇지만 결국 희망의 끈을 놓지 않으며 매일을 성실하고 아름답게 살아가고자 한다. 자연의 순간적인 현상에서 삶의 본질적인 의미를 찾아내는 시인 특유의 통찰력과 노년의 삶을 귀하고 아름다운 것으로 여기는 긍정적인 가치관이 돋보인다.

문학평론은 이 경이로운 경험을 통해 단순한 감탄에서 멈추지 않고, 그보다 깊이 이해하고 성찰하려는 지적 여정이다. 그것은 한 편의 작품이 지닌 다채로운 의미의 층들을 섬세하게 해독한다. 이어 작가의 숨결이 닿은 의도를 찾아내고자 한다. 시대의 정수와 인간 보편의 진실을 작품 속에서 길어 올리는 과정이다.

이제 김선엽 시인이 발굴한 언어의 미로 속으로 들어가 본다. 그 속에서 우리는 작가의 상상력과 마주하고, 시

대의 아픔에 공감한다. 궁극적으로는 우리 자신의 내면
과 빗대어 들여다보는 귀한 시간을 갖게 될 것이다.

II. 순환과 성찰의 미학 – 목련이 떠난 자리

'목련이 떠난 자리'는 봄날 만개했다가 이내 지고 마는
목련의 생애를 통해 삶의 순환과 아름다움, 그리고 그 안
에서 피어나는 깊은 성찰을 담아낸 서정시이다. 유려하고
담담한 어조 속에서 삶의 본질을 꿰뚫어 보는 통찰력이
인상적이다.

봄이 한창인데
목련은 지려 하네

꽃잎 하나, 꽃잎 둘
바람결에 져 가네

산당화 피고 죽단화 피는데
목련은 떠나간다

까맣게 타들어 가는 목련화여
그 우아한 숨결은 어디로 갔나

진달래 철쭉 화사하게 피는데
목련의 봄은 너무도 짧구나

차가운 봄비 내린 자리
두 자매가 나란히 걷는다

"목련이 막 피려 할 때가 가장 예쁘지,
이렇게 다 피고 나면 금세 시들잖아.

사람도 그렇더라,
젊을 땐 참 예뻤는데...
그래도 언니, 곱게도 늙었어."

잠시 멈춘 발끝 아래
하얀 꽃잎 한 장,
속삭이듯 말한다

"목련꽃 밟지 마."

— 「목련이 떠난 자리」 전문

1. 순환과 대비의 시적 구조

시는 "봄이 한창인데 / 목련은 지려 하네"라는 역설적인 구절로 시작하며, 만개와 소멸의 대비를 통해 존재의 덧없음을 시각적으로 구현한다. "산당화 피고 죽단화 피는데" 또는 "진달래 철쭉 화사하게 피는데"와 같이 다른 꽃들의 화려함 속에서 홀로 쓸쓸히 저가는 목련의 모습을 배치하여, 목련의 짧은 생을 더욱 극적으로 강조한다.

2. 상실감 속의 아름다움과 내면적 울림

"까맣게 타들어가는 목련화여 / 그 우아한 숨결은 어디로 갔나"라는 표현은 목련이 시들어가는 모습에 대한 시적 화자의 깊은 애착과 안타까움을 드러낸다. 단순한 소멸이 아닌, 아름다웠던 존재가 퇴색해 가는 과정의 비극적인 아름다움을 노래하며, 이는 상실감이라는 인간 보편의 정서와 깊이 연결된다. 이러한 쓸쓸함 너머 생의 고독감을 처연하게 노래한다는 점에서 류시화 시인의 목련 시와도 그 결을 같이 하는 부분이 엿보인다.

3. 인생에 대한 은유와 성숙한 태도

시의 후반부는 "차가운 봄비 내린 자리 / 두 자매가 나란히 걷는다"라는 구절로 시적 시선을 인간의 삶으로 확장한다. 이어진 자매의 대화는 목련의 덧없음이 곧 인간 삶, 특히 젊음의 아름다움과 노년의 수용에 관한 은유임을 명확히 한다. "젊을 땐 참 예뻤는데... / 그래도 언니, 곱게도 늙었어."라는 대사는 젊음의 찬란함과 동시에 세월의 흐름을 인정하고 받아들이는 성숙한 태도를 보여 준다. 이는 순수함을 지키려 했던 고독과 함께 그 순수함이

지는 순간을 암시하며 삶의 진정성을 찾아가는 여정을
담아내는 목련의 상징성과도 맞닿아 있다.

4. 삶의 존엄성에 대한 경외

마지막 "목련꽃 밟지 마."라는 짧지만 강렬한 외침은 소
멸해가는 존재에 대한 존중과 생명의 존엄성을 역설한다.
비록 시들었을지라도 한때 가장 아름다운 순간을 선사했
던 목련에 대한 예의이자, 더 나아가 인생의 황혼기에 접
어든 모든 존재에 대한 따뜻한 시선과 경외심을 담고 있
다. 이는 시들어가거나 순수함이 꺾인 존재도 여전히 아
름다운 생명임을 말하며, 삶의 모든 순간을 소중히 여기
는 시인의 깊은 마음이 느껴진다.

III. 끈적한 여름, 스며드는 성찰의 가을 - 여름 끝자락

'여름 끝자락'은 맹렬했던 여름의 기운이 점차 소멸하고
고즈넉한 가을의 기운이 스며드는 순간을 포착한 작품이
다. 계절의 미묘한 변화를 오감으로 예민하게 느끼고, 이
를 삶의 본질적인 성찰로 연결 짓는 시인의 깊이 있는 시
선이 돋보인다.

기승을 다한 무더위,
마지막 숨결인가

물먹은 햇살이 쏟아지는 오후
질식하듯 끈적한 밤이 뒤따른다

축 처진 가로수, 미동도 없는 공기
광장의 바닥은 땀 냄새로 뜨겁고

우렁차던 매미소리 가늘어질 제
발걸음마다 그림자 무겁다

- 「여름 끝자락」 일부분

1. 감각적인 이미지와 계절의 변화

시는 "기승을 다한 무더위, 마지막 숨결인가"라는 물음으로 시작하며, 여름의 끝자락을 생명체가 숨을 거두는 듯한 이미지로 은유한다. "물먹은 햇살," "질식하듯 끈적한 밤," "땀 냄새로 뜨겁고"와 같은 촉각적, 시각적, 후각적 표현들은 늦여름의 습하고 답답한 공기를 생생하게 전달한다. 특히 "우렁차던 매미소리 가늘어질 제"라는 청각적 묘사는 활기 넘치던 여름 생명력의 소진과 쇠퇴를 효과적으로 그려내며, 독자로 하여금 자연의 순환 속에서 시간의 흐름을 직접 느끼게 한다.

2. 고요하고 무거운 성찰의 그림자

여름의 끝은 단순한 계절의 전환을 넘어, 화자에게 내면의 그림자를 드리운다. "발걸음마다 그림자 무겁다"는 구절은 여름의 긴 혹서기 마지막까지 버티어 온 매미도, 사람도 지쳐가는 계절에 대한 숙고 등 화자의 깊은 내적 감정을 암시한다.

IV. 가을의 풍요로움과 인생을 깊이를 사색하게 하는 서정시
- 꽉 찬 가을, 목멱산

이 시는 계절의 변화 속에서 친구와의 따뜻한 교감, 자연과의 깊은 대화, 그리고 인생의 의미를 사색하는 고요하고도 풍요로운 시간을 담고 있다. '꽉 찬 가을, 목멱산'은 시인의 철학적인 사유와 서정적인 표현이 조화롭게 어우러져 깊은 울림을 주는 아름다운 작품이다.

목멱 바람 몰고 온
아침 공기 차갑고

오랜 벗들과 걷는 자락길
서서히 몸이 데워진다

햇살 내려앉은 실개천
은물결 따라
낙엽 하나 흘려보내고

숨결 고르듯
따뜻한 커피 한 모금 들이켜니

세상사 이야기는
끝도 없이 이어진다

저 아래, 하늘 아래
목멱 능선이 드러나고

오를 때 단풍이 곱더니
내려오는 길 단풍은
더 깊어 붉다

가을의 마지막 인사
말없이 감추려
나무들 고운 옷차림 더해 놓았구나.

－「꽉 찬 가을, 목멱산」 전문

1. 제목의 상징성 '꽉 찬 가을'과 '목멱산'

　시는 '꽉 찬 가을, 목멱산'이라는 제목에서부터 독자에게 깊은 인상을 남긴다. '꽉 찬 가을'은 단순히 계절의 충

만함을 넘어, 시인의 삶의 연륜과 경험이 쌓여 농익은 내면의 풍요로움을 암시한다. 또한 '목멱산'은 서울의 남산을 지칭하며, 익숙하면서도 넉넉한 자연의 품을 연상시킨다.

2. 시간의 흐름과 감각의 조화

차가운 아침 공기로 시작하여 점차 몸이 데워지는 과정을 통해 시간의 흐름과 그 속에서 변화하는 신체의 감각을 생생하게 전달한다. '목멱 바람'이라는 표현은 계절의 변화를 알리는 자연의 목소리이자, 내면의 성찰을 시작하는 조용한 신호처럼 다가온다.

3. 관계의 따뜻함 '벗들과의 동행'

"오랜 벗들과 걷는 자락길 / 서서히 몸이 데워진다"라는 구절은 시인의 friendshipValue를 여실히 보여 준다. 친구와의 동행은 단순한 길동무를 넘어, 서로의 온기를 나누고 삶의 무게를 함께 지탱해 주는 깊은 유대감을 형성한다. 육체적인 따뜻함은 물론, 마음의 온기까지 더해지는 이 장면은 행복이라는 emotionalValues와 연결되며, 고독마저 포근하게 감싸는 인간관계의 중요성을 일깨운다.

4. 자연과의 교감 '성찰적 사색'

"햇살 내려앉은 실개천 / 은물결 따라 / 낙엽 하나 흘려보내고"에서는 자연에 대한 시인의 세밀한 관찰과 새로

운 시선이 돋보인다. 햇살과 은물결, 그리고 흘러가는 낙
엽의 이미지는 유한한 존재로서의 인간과 자연의 순환을
연결하며 깊은 사색을 유도한다. 흘러가는 낙엽을 통해
삶의 덧없음과 아름다움, 그리고 자연스러운 놓아줌의
미학을 성찰하는 시인의 poeticReflection이 느껴진다.

5. 삶의 여유와 소통의 지혜

"숨결 고르듯 / 따뜻한 커피 한 모금 들이켜니 / 세상
사 이야기는 / 끝도 없이 이어진다"는 짧은 쉼표와 같은
구절로, 노년의 삶에서 얻은 평온과 삶의 여유를 잘 드러
낸다. 한 모금의 커피와 함께 이어지는 '세상사 이야기'는
격의 없는 대화 속에서 삶의 지혜와 경험이 공유되는 따
뜻한 순간을 포착한다.

6. 단풍의 변주 '인생의 깊이'

"오를 때 단풍이 곱더니 / 내려오는 길 단풍은 / 더 깊
어 붉다"는 시의 백미라고 할 수 있다. 오를 때 보았던 단
풍의 '고움'과 내려오는 길에 마주한 단풍의 '깊고 붉음'
의 대비는 단순한 시각적 변화를 넘어, 인생의 오르막
과 내리막길에서 얻는 성장과 인내 그리고 메타포를 담
고 있다. 삶의 경험이 더해질수록 사물과 감정, 그리고 인
생의 의미가 더욱 깊어짐을 비유적으로 표현하여 시인의
metaphoricalExploration을 엿볼 수 있다.

V. 차가운 계절 속, 생명의 온기를 향한 발걸음 - 겨울비

'겨울비'는 차가운 겨울의 시작점에서 만나는 자연의 풍경과 그 속에서 발견하는 삶의 의지를 서정적으로 그려낸 작품이다. 겨울의 엄혹함 속에서도 희망과 연대의 메시지를 놓치지 않는 시인의 깊이 있는 시선과 섬세한 표현력이 돋보인다.

무거운 하늘 아래
회색 기운 어깨에 내려앉고

바람 옷 틈새로
찬 기운 스미어
살결에 겨울이 닿는다

이내 투명한 물방울 흩어져
눈앞을 흐리니

정상 향해
한 걸음, 또 한 걸음
하얀 숨 길게 뱉는다.

비라 하기엔 가볍고
눈이라 하기엔 이른
은구슬 몇 알

우산 위에 떨어진다.

운무 사방에 가득하여
북한산, 인왕산, 남산까지
저마다 머리를 묻고

안산 봉수대에는
사람들의 숨결 모여
하얀 연기되어 오른다.

　－「겨울비」 전문

1. 감각적 몰입을 통한 겨울의 도래

시는 "무거운 하늘 아래 회색 기운 어깨에 내려앉고"라는 첫 구절부터 겨울이 안겨주는 묵직한 무게감과 차가운 공기를 시각적, 촉각적으로 생생하게 전달한다. "바람옷 틈새로 찬 기운 스미어 살결에 겨울이 닿는다"는 표현은 옷깃을 파고드는 겨울의 냉기를 오롯이 느끼게 하며, 독자를 시 속 공간으로 깊이 이끌어 들인다.

2. 고난 속의 인내와 목표 의식

이어지는 "정상 향해 한 걸음, 또 한 걸음 하얀 숨 길게 뱉는다"는 구절은 고통스러운 상황 속에서도 포기하지 않고 목표를 향해 나아가는 굳건한 의지를 보여준다.

흩날리는 물방울이 시야를 흐려도 멈추지 않는 발걸음과 차가운 숨은, 시인이 평소 인내와 성장을 중요하게 여기며 태백산 눈꽃 산행을 즐기는 모습과도 연결되어 깊은 공감을 자아낸다. 이는 역설적이게도 고난을 통해 성취감을 얻는 삶의 태도를 엿볼 수 있게 한다.

3. '겨울비'의 중의적 표현과 서정성

"비라 하기엔 가볍고 눈이라 하기엔 이른 은구슬 몇 알 우산 위에 떨어진다"는 시의 제목이기도 한 '겨울비'의 특징을 '싸락눈'이라는 아름다운 비유로 풀어낸다. 비와 눈의 경계에 있는 은구슬은 차갑지만 투명하고 영롱한 이미지로, 겨울 초입의 서정적인 분위기를 고조시킨다. 이는 모호하고 불확실한 삶의 순간들을 포용하며 아름다움을 발견하는 시인의 통찰을 반영한다고 할 수 있다.

4. 자연과 인간의 조화, 그리고 따뜻한 연대감

시의 후반부에서는 대자연의 웅장함과 그 속에서 피어나는 인간의 온기를 그려낸다. "운무 사방에 가득하여 북한산, 인왕산, 남산까지 저마다 머리를 묻고"라는 묘사는 자연이 만들어 내는 신비로운 장관을 보여 준다. 그리고 그 엄숙한 풍경 속, "안산 봉수대에는 사람들의 숨결 모여 하얀 연기되어 오른다"는 구절은 추위와 고독 속에서도 함께 숨 쉬며 연대하는 인간 존재의 따뜻한 연결감을 강조한다. 봉수대에서 피어나는 하얀 연기는 단순한 숨결을 넘어, 서로를 격려하고 응원하는 이들의 염원이 모여 피어오르는 것처럼 느껴져 깊은 감동을 선사한다.

VI. 존재의 심연에서 울려 퍼지는 자아의 선율
- 잃어버린 나를 찾아

'잃어버린 나를 찾아'는 자아 상실의 고통스러운 경험에서 출발하여, 내면의 깊이를 탐색하고 마침내 진정한 자아와 화해하는 과정을 장엄하게 그려낸 작품이다. 삶의 무게와 정체성에 대한 철학적인 질문이 시 전반을 지배한다. 이를 섬세한 이미지와 감각적인 언어로 풀어냄으로써 독자에게 깊은 울림과 깨달음을 선사한다.

선율이 멈춘 하얀 오선지
얼음처럼 창백하다
모두가 떠난 자리
빈 그림자에 냉기마저 흐르네

적막은 침묵으로 다가오고
어둠은 칠흑 같아 심연처럼 깊다
텅 빈 가슴, 긴 호흡을 토하니
만신창이 낯선 이는 누구인가

게처럼 기어오르고 새처럼 날았으며
광대처럼 웃으며 무너졌지
달콤한 꿀을 빨고 독배를 마시며
헝클어진 머리칼, 벗겨진 탈 하나

시공을 삼킨 거울 속으로
그는 천천히 유영한다
밤과 낮을 거슬러, 아주 천천히
그곳은 잊힌 인생의 뒤안길

친밀함으로 다가오는 낯선 얼굴
미소 짓는 당신은 누구인가
가면을 쓰고 이름마저 바꾼 이여
세파에 일그러진 내 안의 나를 본다

하얀 오선 위, 다시 선율이 흐른다
잃어버린 나, 그 끝에서 되살아난다.

 - 「잃어버린 나를 찾아」 전문

1. 상실과 단절의 서막

시는 "선율이 멈춘 하얀 오선지 / 얼음처럼 창백하다"라는 구절로 시작하며, 삶의 활력과 의미가 사라진 듯한 상태를 음악적 상실과 차가운 시각 이미지로 표현한다. "모두가 떠난 자리 / 빈 그림자에 냉기마저 흐르네"는 외

로움과 고립감을 넘어선 존재의 근원적인 부재를 느끼게
한다. 이는 외부와의 단절을 넘어 자기 내면마저 공허해
진 심연의 상태를 암시하며, 독자로 하여금 깊은 사색으
로 이끈다.

2. 혼돈 속의 자아 질문

이어지는 연에서 시적 화자는 "적막은 침묵으로 다가
오고 / 어둠은 칠흑 같아 심연처럼 깊다"와 같이 내면의
혼돈과 고통을 더욱 구체화한다. "텅 빈 가슴, 긴 호흡을
토하니 / 만신창이 낯선 이는 누구인가"라는 절규는 자
아 상실감의 절정을 보여준다. 거친 숨을 토하며 던지는
이 질문은 자기 존재에 대한 근원적인 물음이자, 과거의
자신과 현재의 자신이 단절되어 낯설게 느껴지는 비극적
인 인식을 담고 있다.

3. 삶의 이면, 가면 뒤의 진실

다음 연은 시적 화자가 지나온 삶의 궤적을 압축적으로
보여준다. "게처럼 기어오르고 새처럼 날았으며 / 광대처
럼 웃으며 무너졌지"라는 표현은 인생의 고단한 과정과 희
비가 엇갈리는 순간들을 압축적으로 드러낸다. 특히 "달
콤한 꿀을 빨고 독배를 마시며 / 헝클어진 머리칼, 벗겨진
탈 하나"는 쾌락과 고통을 동시에 경험하며 겪었던 복잡한
감정들을 직설적으로 드러내며, 결국 거짓된 모습을 벗어

던지고 진정한 자아와 마주하려는 의지를 보여 준다.

4. 잊힌 시간 속으로의 유영

시의 마지막 연에서 시적 화자는 마침내 자신을 찾아 나서는 결단을 내린다. "시공을 삼킨 거울 속으로 / 그는 천천히 유영한다"는 구절은 시간과 공간을 초월하여 잊혀진 과거와 기억 속으로 깊이 들어가는 성찰의 여정을 아름답게 표현한다. 거울은 자신을 비추는 도구이자 내면으로 들어가는 문이 된다. "밤과 낮을 거슬러, 아주 천천히 / 그곳은 잊힌 인생의 뒤안길"이라는 표현은 이 여정이 단순한 기억 찾기를 넘어, 삶의 본질과 숨겨진 의미를 탐색하는 깊은 철학적 과정임을 암시한다. '잃어버린 나를 찾아'는 존재의 심연을 탐색하는 고독하면서도 용기 있는 여정을 통해 독자에게 깊은 울림과 함께 삶과 자아에 대한 질문을 던지는 명상적인 작품이다.

VII. 에필로그

연암 김선엽 시인은 계절의 변화에 순간포착으로 누구보다도 섬세한 시를 건져올리는 시인이다. 시 속에 언제나 희망의 메세지를 잔잔하게 전하여 독자로 하여금 시인의 따뜻한 시선과 통찰력에 깊은 감명을 받게 만드는 재주가 있다. 특히 '안산의 오월'의 시에서는 오월이 주는 선물같은 순간들을 오감으로 포착하고 그 속에서 희망과 기쁨을 찾아내는 시인의 긍정적인 삶의 태도가 고스란히 담겨 있다. 싱그러운 자연속에서 느껴지는 행복이 독자에게도 고스란히 전달되어 마음의 정화를 경험하게 만든다.

'여름의 끝자락'이라는 시에서는 계절의 변화를 인생의 흐름에 비유하며, 세월의 이치 앞에서 겸허히 고개 숙이는 성숙한 자세를 드러낸다. 맹렬했던 여름이 지나가고 평화로운 가을빛이 스며드는 것처럼, 인생의 뜨거운 시기를 보내고 맞이하는 노년의 삶을 조용히 받아들이는 지혜가 느껴진다. 이는 시인이 평소 노년의 삶에서 작은 행복과 평온함을 추구하는 모습과도 맞닿아 있는 부분이다.

김선엽 시인은 衍岩이라는 호에서 "말없이 그늘을 내어 길손을 품는 바위처럼, 사람과 글 앞에 겸허히 서고자 한다"라는 의미를 함축하고 있다고 표현한다.

시인의 작품은 독자들에게 잔잔한 위로와 깊은 공감을 선사한다. 시를 통해서 자연과 소통하고 독자들의 마음 속에 공감대를 형성하여 각박한 세상속에서도 아름답게 살아갈 용기를 전해줄 것이라 확신하며 서평을 접는다.

영작시

목련이 떠난 자리
The spot where the magnolia used to be

연암 김선엽 시인
Yeon Am, Seon-Yeub Kim

봄이 한창인데
Despite Spring being in full swing
목련은 지려 하네
The magnolias are withering

꽃잎 하나, 꽃잎 둘
A flower petal, two petals
바람결에 져 가네
Withering carried on the wind

산당화 피고 죽단화 피는데
Red flowering quince blooms
Double-flowered Japanese rose also blooms
목련은 떠나간다
The magnolia has left

까맣게 타들어 가는 목련화여
Magnolia being blackened

그 우아한 숨결은 어디로 갔나
Where was gone the elegant breath

진달래 철쭉 화사하게 피는데
Azalea and royal azalea being in full bloom
목련의 봄은 너무도 짧구나
Magnolia's spring is so short

차가운 봄비 내린 자리
A place where cold spring rain has fallen
두 자매가 나란히 걷는다
The two sisters are walking side by side

"목련이 막 피려 할 때가 가장 예쁘지
"Magnolias are most beautiful when they're just
starting to bloom
이렇게 다 피고나면 금세 시들잖아
Once it blooms fully,
Wither away soon

사람도 그렇더라
People do the same
젊을 땐 참 예뻤는데....
We were lovely when we were young..

그래도 언니, 곱게도 늙었어."
But still older sister,
You have aged with grace"

잠시 멈춘 발끝 아래
Under the toes that stopped for a while
하얀 꽃잎 한 장
A sheet of white petals,
속삭이듯 말한다
Speaks in a whisper

"목련꽃 밟지 마."
"Don't step on the magnolia blossoms"

번역: 한국문학협회 번역분과 회장 정남덕
Translation by N.D.Jeong : A chairman of translation division,
Korean Literature Association.